歌集

今在りて

岡部静

文芸社

目次

第一部

光と陰と

旅立ちの日もはるかなり相逢ふて
共に歩みし照り翳るみち

ひかり満つる春にしあれば軽ろやかに
靴音あはせ丘のぼりなむ

皿にのる魚ひと切れを頒ち合ふ
若き日の幸つつましくして

より添ひて菩提樹のうた聴きし夜の
月影ふかき家路歩みし

香りたつコーヒー店の片隅に
冬のひと刻共に安らふ

かぎりなく空と水あるわが視野に
こころ遊ばす夕凪の浜

めくるめく想ひ耐へつつ披く手に
鮮血色の召集令状

再会の約なき訣れ知らずして
児らはしゃぎつつ父に抱かる

残し征く児ら引き寄せて頬にふるる
夫の掌やさし銃とらむ手の

軍服の君の姿にとまどひて
幼なき児らは物かげに逃ぐ

離りゆく軍靴のおと重々と
わが耳朶ながく響きてやまず

児の寝顔夜毎見つめて飽かざりし
君よい征きていづべに眠る

嘵々と消燈ラッパのわが耳に
かくも孤独の刻を知らしむ

暮れなづむ空見さくれば鳥一羽
ただひとすじに還りゆきたり

火と墜つる機影まなこにやきつきて
い寝がたき夜を耐ふる幾たび

配給の乏しき糧を拠りどとし
育ちゆく児の背すじ直ぐなる

検閲の印くろぐ〵と押されゐる
香りなき文くり返し讀む

音たてて支ふるものの崩れたり
街かけ抜ける終戦のころ

將校も兵も笑顔の隊列に
還れる夫の掌のあたたかき

平凡に日々すぎゆけよ清々《すがが》と
生くる希みの湧き來し今宵

昨夜《よべ》またも軍服姿の夢見してふ
　夫の裡なる黒き投影

餌を狙うアジサシ翔べり唐突に
　機銃掃射の思ひ出となる

かなしみも我執もすてむ尋《と》め来たる
海汒洋とわれを迎ふる

幼なくて「水漬く屍…」とうたひゐし
息の後姿《うしろで》の夫に似て來し

たくましく育ちくれよと祈りつつ
いとしみ植うる朝顔の苗

光陰のつかみ難きを知らしめて
はやも鳴きそむ法師蟬なる

遠きより走り續けて君と來し
旅路の明日を大き夕映え

雪月花いとしみゆかな余す生を
無欲となりし君のかたへに

第二部

晒さるまじき

戦争《たたかい》の日も遠離《とおさか》るフィリピンに
今潰えゆく墓標のいくつ

還らざる戰士の血潮思《も》はしめて
モンテンルパの赤き花々

輸送路も断たれしならむ極限を
生きて戦ふ兵の起き伏し

通い合うこころ支ふと將兵の
造りし庭園草むらのなか

森ふかく身をひそめたる戰士らの
待ちゐしはただうからの便り

故郷に対きて建ちたる慰霊碑に
鎮魂のうた熱く唱和す

刑場の樹は何を見し黙ふかく
　惨たる記憶根かたに埋づむ

ひねもすを熱き陽の照りわたるとも
　晒さるまじき比島の歴史

貧と富過去と今とが交り合ふ
捉えがたなき比島のこころ

うつそ身の力誇るや丘に建つ
華僑の墓群妍きそふまで

投げられし小銭拾ふと争える
童のひとみ未だ汚れず

飢え渇く子らに祈らむマニラなる
古城にも似し聖堂にゐて

将兵の霊またたけよ南《みんなみ》の
多き星々親しみ仰ぐ

笑顔もて手を振る比島の青年に
ときの埋めし傷跡思ふ

若きらの好みて乗れるジープニーの
原色あふるるマニラ下町
乏しさを諾《うべな》うさまの子らに逢ひ
想い羞《やさ》しくみやげ購なう

悠久のときの流れを示すがに
伽藍に古りし使徒の絵あまた
耐えがたき試練の歴史重ねたる
比島の人ら信に生きつつ

燦然と落日燃えて見はるかす
なべては朱きマニラ湾なる

赫々とまた陽は昇るフィリピンの
裸足の子らよ育てとごとく

第三部

ひとめぐり

亡き夫の旅立ちましてひとめぐり
憶いの淵に咲ける黄菊は

君征くとふ別れもありし夏の日の
匂ひはるけし汗と兵舎の

急ぎ逝く君の命と知りてより
憤りにも似てこころは激《たぎ》つ

片方を見失なひたる一膳の
箸にこだわり終日《ひねもす》さがす

背をさする息《こ》の掌の大きを云ひ出でて
痩せゆく夫《つま》の顔和みたる

寂しさを頒けもたむとて寄り添へば
赤子のごとくまどろむ夫よ

かくばかり篤き病に耐へ給ふ
君たまゆらを安らぎ眠れ

いとせめて共に逝かましたまきはる
命ひたすら翔けゆくところ

かなしみの極み凝《こご》りて石のごと
坐して咳やく「君死に給ふ」と

枕辺に掲げし聖句目に追ふて
「眞」求めゐし夫《つま》でありしを

切々と胸うつ弔辞十字架の
なぐさめの中頭《こうべ》たれゐて

泣けるだけ哭けと云ふ娘《こ》ら声あげて
共に泣くなりせむ術《すべ》もなく

うつろなるこころ何をし求むるや

開く聖書に眸《め》の横すべりする

さなきだに重き聖句のしるされて

「常に喜こべ絶えず祈れ」と

深き傷舐《な》ぶるけものの姿とも
奥處《おくど》の疼み血を噴きやまず

夢に逢ふ君は現し身さはさはと
物言ひ給ふ常のごとくに

病む夫の日々の命を養なひし
薬白じろわが掌に残る

こころ開くたづきもあらぬ独り居の
窓を叩きて訪ひ来るは風

界へだて今なほ聞こゆその息吹
　ほほえむ遺影鎮もるへやに

抱《いだ》きしめかき口説くとも応えなき
　軽き骨つぼなどか温《ぬ》くとき

現し世に君の名はなしまざまざと
黒き斜線の戸籍謄本

咳《しはぶき》の夫に似たるとふりむけば
空しきまでの冬ざれの道

強かれと語りてゐむか一本の
裸木凛と北風のなか

後髪ひかるる思ひふるさとの
奥つ城どころに君納め來し

第四部

旅の日に

バンコクにて――

生かさるる想ひはてなき雲間より
　メコンの河の長く光れる

引かえすすべなきわれの旅路なれ
　時差たはやすく針戻しつつ

放鳥を功徳となすや寺近く
籠の小鳥は人を待つがに

少數の民族メオの集落に
ともし灯のごと幼なの笑顔

信号のなき辻々を疾走の
日本軍あふるるバンコクの街

水上の生活危《たつき》ふき人の手に
あまたの悩み流されゐむか

輪タクも楽しと乗れる客われに
広き背を見せ息《こ》は俥夫のまねする

人は去り人は来りて仏陀まつる
塔けんらんと中空明るし

巨大なる釈迦の寝姿足裏《あうら》には
諸悪の救ひ刻まれてゐむ

リーダーを木蔭にひらく少年僧
黄衣鮮《あた》らし高校生てふ

ふたたびは相逢ふこともなかるべし
タイの川辺の子らに手を振る

ロンドンにて――

たどきなき想ひに降り佇つ空港に
吾息《あこ》の笑顔の待ちくれ居たる

耳朶ふかく響《な》りてさやけき鐘の音よ
ロンドン橋に佇ちて動けず

下町《したまち》に花賣る店の並びゐて
色きはやかに季を知らしむ

インドネシアにて――

機の窓に白き雲界果つるなし
人間《ひと》の生活《たつき》を覆うがにして

コーランの祈りの声のひびき來て
ジョクジャカルタの空明けそむる

亭々とそびえる椰子の樹にすがり
花を咲かせる術《すべ》もつ草は
草いきれ熱くまつわるバリに來て
神の恵みをかぞえつつ居り

ひねもすを海とたわむる人の群
わがふるさとは寒き冬なる

ヒンズーの熱き祈りを思《も》はしめて
炎のかたちに立ち並ぶ塔

息《こ》と二人ペチャに乗り来し活気たつ
朝市すでに喧噪のなか

めぐまれし旅つづけ來て重なれる
支え嬉しも命若やぐ

再会を約してこの地去るわれに
息《こ》の掌《てのひら》の大きく温し

ろう梅の咲ける吾が家に帰りつき
南の国の熱きを想ふ

第五部

季のうつろひ

生きつぎてわが額《ぬか》冷ゆる冬の日を
走り來し子の息のあまさよ

冴えざえと高き冬空渡り來る
口笛に似て木枯しの音

たをやかに冬を耐へ來しシクラメン
吾が裡ふかき信念となる

挫折せるわれのこころを揺さぶりて
舗装路もたぐる竹の根のある

光りつつ流れゆく水掬う掌に
　零《こぼ》れてむなし過去も未來も

ひたぶるに春の陽戀ほし冷えまさる
　野を馳けめぐる風を見しより

啓蟄の声は聞けども老い虫は
身じろぎもせず風の音きく

うぐひすの声ほれぼれと聞くあした
やさしきことに逢ふやもしれず

ひかり充つる春の河原に身を置けば
季の音して水の流るる

小刻みに來りまた過ぐ歳月の
足音にも似て春の雨ふる

きはやかに季のうつろひ見ゆる朝
春雷とほく雲の流るる

芝に似て芝にあらざる草をひく
理非あざなへる日々を生きゐて

春まだき陽ざしの中にひとところ
危ふき命見せつつ虫は

鳰《にほ》どりのなづさふあたり彩《あや》なして
光満ちつつ春たつらしも

春の陽を掴まむとすやみどり児の
柔き掌透けりのべしその手の

野も山も芽ぶけるみどりふかぶかと
根を張るものの惑ひもあらず

めぐり來る季のことぶれ春闘と
桜だよりと北へ翔ぶ鳥

顧りみて燦たる想ひありやなし
花咲き満つる今日を足らひて

クンシラン君子のごとく背を伸ばし
王冠まさに開かむとす

色冴ゆる黄梅ひと鉢購ひて
ひと日又なき幸せに居る

もの想ふかたちに佇てる白鷺の
細き脚もと春の水光《て》る

風たちて芥《あくた》澱める水の辺に
葦ひと叢のつのぐみそめし

地に消ゆる降るとしもなき雨ぬくし
小さき虫の育ちつつゐむ

新緑の湧きたつごとき杜をゆき
樹々のささやぎにこころあふれぬ

一輪は又いちりんを誘ふがに
花咲きそむる藤の垂り房

暮れなづむさ庭にゆるる連翹の
舞ひこぼれつつ黄はまぎれなし

たな霧らふ目路の限りを裸木の
はつか芽ぶける春淺きまち

爛漫の花にしき降る雨に耐え
太き下枝の黒くたくまし

わが裡に深くささりし刺ひとつ
すべなきままに刻をゆかしむ

春の宵タンゴ踊りて楽しかり
あの人この人逝きて久しき

春あらし枯葉吹き寄る庭隅に
風のあし跡しるされて居り

娘《こ》と二人訪ひし京都は春深み
大堰の流れかゞやき止まず

透明の傘をしさせばわがこころ
かぎりもあらず雨にぬれ行く

きりきりとわが胃は痛む方形の
無明に飼はるる雞を見しより

はつ夏の若葉匂へる日の暮を
厨あかるきトマトを洗ふ

住みつきてさ庭にしげく鳴く虫の
命惜しめばおそき月出づ

昨日より今日の色濃き夏木々の
かげを拾ひて歩む眞昼間

紅だすき赤き鼻緒にほのぼのと
郷愁ひさし踊る夏の夜

遠くより民謡ものうく流れ来て
白く乾ける道つづく見ゆ

ゆるやかに菖蒲湯あふれ離り住む
息《こ》の幼き日想ひつつをり

夏ふかき山に來たればさはさはと
吹く風青くわが身を染むる

白き花咲かせてもなほ孤高なる
サボテン盛夏をよるべとなして

ひぐらしの声唐突に止みたれば
つかの間深き静寂に居る

灼熱の光に向きて頭あぐ
意志絢爛と日まわりの花

おそ夏の空ゆく雲のゆるゆると
人のせめぎも溶けゆく界か

佳き人の吐息のごとも朝夕を
咲きては閉づる睡蓮の花

まなうらを占めて久しもひと刻の
命を咲ける月下美人は

鳴きいそぐ蜩の声々重なりて
わが生きざまにこころせかるる

法師蟬も鳴かずなりたるひと日暮れ
厨に麵の熱きをととのふ

逝く水に浮き沈みつもみぢ葉の
末もえ知らず流れゆくなり

ならび立つ五百羅漢の肩冷えて
風しろじろと秋暮れそむる

山恋ふる梟ならむ眞夜を來て
小さき杜にくぐもる声は

棄てかねし扇子にたたむ思ひ出に
ありとしもなく秋立つ風は

饒舌の人に疲れて帰り來し
部屋ぬちひそと咲けるベゴニア

穂すすきの濡れたるさまに俯けば
われも祈らむ朝霧のなか

ほの明き杉の林に入りてより
直ぐなるこころ持たむと思へり

しぐれ呼ぶ化野《あだしの》とみに鎮もりて
肩よせ合ひし石仏小さし

うつし身のはかなく逝きて幾代経し
去來の墓に木洩陽あはし

ふれ合ひし人のこころをほのぼのと
思ひめぐらす旅終る夜は

旅終えて休らふ部屋のひとときを
飢えたるごとくシューベルトを聴く

墓守りの老爺もいつか見えずなり
有爲の落葉を拾ふ碑のまえ

碑を淨め花をまゐらす現身の
めぐりいくつの別れのありし

闘争を人間《ひと》は教へし　雄シャモの
傍への母どり雛を抱ける

いねがたき夜を鳴きしきる秋の蟬
われの頭蓋をところ狹しと

息《こ》の声の受話器にやさしすがすがと
遠き国より安否問ひ來て

ひとり居の窓を叩きて降る雨に
木守りの柿もしとゞ濡れゆく

藁蔽ひ深くかぶりて咲きそめし
牡丹の色はあたたかき紅

ゆく水に茜うつしてうす衣を
展べたるさまに夕暮るる雲

若き日の気負いうするる泡沫《うたかた》の
うつそ身秋の月にまた逢ふ

行く風のままに竹叢そよぎゐて
小さき我執に不意のたぢろぎ

掌にまろぶ樫の実ひとつ光りつつ
みのる姿のかくも眩ゆき

穂にいでて風の遊べる芒野に
ひと日憩えばわが裡かろし

しろがねの波たつと見し穂すすきの
しばし鎭もる風のまにまに
穂すすきのなびける丘にわが影の
ひとつ動かず夕光のなか

夕映えのくまなき秋を少年の
ボール追ふ頬光りて見ゆる

ほうき木の種こぼすらし冷えまさる
さ庭寂かに時雨きたりて

余す生《よ》のともし火消さじと思ふまで
吹きて荒ぶる秋の夜の雨

夜の明けをかそけき音の響かひぬ
愛もうれいも始まらむひと日

露ふくむテッセン深き紫を
開かむとして今朝のすがしさ

山並《やまなみ》の青くけむれるひと所
うれひのごとも黒き雲湧く

第六部

夕茜ぞら

杉の樹の直き姿を尋ね來て
こころ養なふ北山の里

磨かれてひかり身に添ふ北山の
杉の肌《はだえ》の匂ひたつまで

落葉焚くさ庭に萌ゆる青き草
若きいのちの逞しくして

壯年の男の焦り思《も》はしめて
エスカレーター馳けのぼるひと

執着を「無」とせば眞理見ゆるてふ
「非まじめのすゝめ」眞面目に讀みゐる

自負もなく崩れむとしてゆらぐ日に
命たくまし青きひこばえ

あばかるる裡なる傷《いた》みにおびえつつ
透視カメラの冷徹に佇つ

飽食と飢餓とのニュース並びたる
なべては不定うつし世とふは

恙なきわが起き伏しよ世の流れ
逆巻くがごと変りゆくなか

短絡に刃向うことを是とするや
こころ貧しく育ちし若きは

見上げつつ叩きし竹は乾きたる
音かへし來ぬ太き老い竹

鈍化するわが感性よほろほろと
記憶のかなたこぼれゆくもの

それぞれの貌もつ土器の並びゐて
火入れ待つなる大きのぼり窯

三日三夜ほのほの試練うけとめし
陶器息づく立杭の里

子の育つさま思《も》はしめて朝夕を
目守《まも》り飽かざる菊のひと鉢

流れ藻にひそめる稚魚の眼に映ゆる
海藍《あを》あをと澄みてあらむか

小石投げてまぎるる程の憂さなりき
水光《て》るほとりしばし憩へば

夕さればうから集ひて飯食《いひ》むと
やさしき音に食器ふれ合ふ

「物多く喰めよ」と息《こ》の声伝へ來る
かぐろき受話器またなくやさし

命かけ母貝《あこや》の育てし珠ひとつ
裡なる光放ちてまろぶ

今更に古語辞典など取りいだし
何せむとすや老の独り居

開き見る古きアルバム若き日の
吾れにもありし気負いのいくつ

夜半さめて想ひめぐらす今むかし
齢重ね來しわれと向き合う

わが生《あ》れし日を祝うとや娘《こ》の便り
思えばいくつの峠越え來し

友老いてわれもまた老ゆふるさとの
同窓会にみつむる命

別れ來し十九の春もおぼろにて
いのち愛で合ふ同窓の友

さやかにも笑まひ給ひしとほき日の
恩師の面輪かたみにしのぶ

再会を約して別れ來たりしが
さておぼつかな余すいのちの

友よりの声の便りのやさしき夜
わが裡ふかく朱き灯ともる

甘えなどいつしか忘れし起き伏しに
身をすり寄する仔猫一匹

かぞふれば君逝きまして二十年
明暗かたみにわれを訪ねし

くり返す想ひはさあれ今を在る
われを支ふと子らよりのふみ

枯れいろの山々車窓に映りゐて
こころはひとり途中下車する

わが旅の何に急ぐとふり返へる
峠はるかに越え來しものを

はつ春の陽はかゞやけり薄氷《うすらひ》の
なかにまぎれし花は紅いろ

生も死もひそかに記されあるならむ
白じろとして暦鮮《あた》らし

かそけくも生命線のつづきゐる
わが掌《てのひら》に希むいくばく

賜ひたるいのちさやかに九十年
在り経る日々への深き恵みは

信と愛崇高なるもの求めつつ
生きゆかむかな余すいのちの
生きつぎて恵みのわれに足らへりと
こころ明るき夕茜ぞら

あとがき

若い頃から折にふれて感じた事等をつたないままに書き留めておりましたが、夫の没後二十年の今年、記念のつもりで私の今までの心の遍歴を顧みると共に、恙なくこの年齢まで過ごすことができました事への恵みと感謝の一端を記しました。

もともと非才のことゆえ、御目だるきことも多々あります事と、誠にお恥ずかしく存じております。

なお、出版にあたり、文芸社の皆々様の御厚意に厚く御礼申し上げます。ありがとうございました。

平成十四年　神無月

岡部　静

著者プロフィール

岡部 静（おかべ　しず）

1912（大正元）年９月22日生まれ
千葉県市川市出身
東京都立第七高等女学校卒業

今在りて

2002年11月15日　初版第１刷発行

著　者　岡部　静
発行者　瓜谷 綱延
発行所　株式会社文芸社
〒160-0022　東京都新宿区新宿1-10-1
電話　03-5369-3060（編集）
03-5369-2299（販売）
振替　00190-8-728265

印刷所　東洋経済印刷株式会社

ISBN4-8355-4675-X C0095